Hacía mucho calor.

A la memoria de Tove Jansson (1914-2001) y de los Mumin,
que hicieron saltar la chispa en mi imaginación. ~ S.T.

A Archer Kelly, que removió mis ideas, y me infundió el coraje
para caminar por mí misma. ~ E.H.

Título original: *A Brave Bear*

© 2016, de la edición original: Walker Books Ltd, Londres
© 2016, del texto: Sean Taylor
© 2016, de las ilustraciones: Emily Hughes
© 2016, de esta edición: Libros del Zorro Rojo / Barcelona – Buenos Aires – México D.F.

Traducción y edición: Estrella B. del Castillo / Corrección: Julia Salvador

ISBN: 978-84-944375-6-4   Depósito legal: B-29336-2015
ISBN Argentina: 978-987-1948-68-0

Taylor, Sean
Osos / Sean Taylor ; ilustrado por Emily Hughes
1a ed . - Ciudad Autónoma de Buenos Aires : Libros del Zorro Rojo, 2016.
32 p. : il. ; 25 x 24 cm.

Traducción: Estrella B. del Castillo
ISBN 978-987-1948-68-0

1. Literatura Infantil Inglesa. I. Hughes, Emily, ilus. II. Título.
CDD 823.9282

Primera edición: febrero de 2016
Impreso en Malasia por Tien Wah Press.

OSOS

Ilustraciones:

SEAN TAYLOR   EMILY HUGHES

LIBROS DEL   ZORRO ROJO

El sol ardía en lo más alto. El aire abrasaba.

Incluso la sombra quemaba.

Y mi papá dijo:

—Creo que un par de osos calurosos
es probablemente lo más caluroso del mundo.

Pero yo tuve una idea maravillosa.

—¡Vamos al río a darnos un baño
y refrescarnos! —dije.

Y papá respondió:
—Muy bien. Vamos allá.

Hay un largo camino hasta el río.

Primero hay que atravesar la espesa hierba.

Luego arrastrarse entre toscos matorrales.

Y por último, hay que saltar de roca en roca.

—¡Un oso que salta es probablemente lo más saltaroso del mundo! —exclamé.

Y papá me dijo:
—Salta con cuidado.

Pero quería que me viera dar un gran salto.

Así que me preparé...

Respiré hondo...

Y me pegué UN PORRAZO.

Papá me ayudó a levantarme.

Yo estaba triste.

Me dolía la rodilla.

Todo me ardía.

Ya no quería ir al río.

Papá dijo que podíamos esperar un poco.
Y los dos vimos el agua allá abajo.

Entonces me dijo:
—Si quieres, a partir de aquí
te llevo en brazos.

Me encanta cuando papá
me lleva en brazos.

Pero decidí que seguiría
andando yo solito.

Y papá dijo:
—Creo que un oso valeroso
es lo más valeroso del mundo.

Cuando llegamos al río
papá se tiró de bomba. Y yo también.

Jugamos un buen rato
y nos refrescamos.

—¡Creo que un par de osos
mojados es probablemente lo más
mojado del mundo! —grité.

De regreso a casa, el sol resplandecía.

El aire resplandecía...

Incluso el día siguiente resplandecía.